TIRAGE LIMITÉ A :

Cinq exemplaires sur japon des Manu-
factures impériales, dans le format in-16
soleil, numérotés de I à V.

Cinquante exemplaires sur hollande
Van Gelder numérotés de 1 à 50.

Trois cent cinquante exemplaires sur
vélin blanc pur chiffon du Marais numérotés de 51 à 400.
et treize exemplaires hors commerce
marqués de A à M à la main et signés
par l'éditeur.

EXEMPLAIRE Nº

VOYAGE EN ABYSSINIE

ET AU HARRAR

ARTHUR RIMBAUD

—

VOYAGE EN ABYSSINIE
ET AU HARRAR

LA CENTAINE
91, RUE DE SEINE, 91
PARIS-VIe

—

MCMXXVIII

Cette relation du voyage d'Arthur Rimbaud en Abyssinie et au Harrar a été signalée dès 1914 par Paterne Berrichon dans un article intitulé : Rimbaud et Ménélick (Mercure de France, 16 *février* 1914), *mais le beau-frère du poète n'a pas eu connaissance exacte des* Notes *écrites à ce sujet. Elles ont été retrouvées, dans deux numéros du* Bosphore Égyptien, (25-27 *août* 1887), *par M. J.-M. Carré qui les présenta dans le* Mercure de France *du* 15 *décembre* 1927, *où ses commentaires pourront être consultés avec fruit, et où il écrit, avec vérité, que c'est « le document le plus important et le plus détaillé que nous tenions, de la main même de Rimbaud, sur son existence africaine ».*

(N. de l'Éd.)

A M. LE DIRECTEUR DU

"BOSPHORE ÉGYPTIEN"

Monsieur,

De retour d'un voyage en Abyssinie et au Harrar, je me suis permis de vous adresser les quelques notes suivantes sur l'état actuel des choses dans cette région. Je pense qu'elles contiennent quelques renseignements inédits et quant aux opinions y énoncées, elles me sont suggérées par une expérience de sept années de séjour là-bas.

Comme il s'agit d'un voyage circulaire entre Obok, le Choa, Harrar et Zeilah, permettez-moi d'expliquer

que je descendis à Tadjourah au com-
mencement de l'an passé dans le but
d'y former une caravane à destination du Choa.

Ma caravane se composait de quelques milliers de fusils à capsules et
d'une commande d'outils et fourni-
tures diverses pour le roi Ménélik.
Elle fut retenue une année entière à
Tadjourah par les Dankalis, qui pro-
cèdent de la même manière avec tous
les voyageurs, ne leur ouvrant leur
route qu'après les avoir dépouillés de
tout le possible. Une autre caravane,
dont les marchandises débarquèrent
à Tadjourah avec les miennes, n'a
réussi à se mettre en marche qu'au
bout de quinze mois et les mille Re-

mington apportés par feu Soleillet à
la même date gisent encore, après
dix-neuf mois, sous l'unique bosquet
de palmiers du village.

A six courtes étapes de Tadjourah,
soit environ soixante km., les caravanes descendent au lac salé par des
routes horribles rappelant l'horreur
présumée des paysages lunaires. Il
paraît qu'il se forme actuellement une
société française pour l'exploitation
de ce sel.

Certes, le sel existe, en surfaces
très étendues, et peut-être assez pro-
fondes, quoiqu'on n'ait pas fait de
sondages. L'analyse l'aurait déclaré
chimiquement pur, quoiqu'il se trouve
déposé sans filtrations aux bords du

lac. Mais il est fort à douter que la
vente couvre les frais du percement
d'une voie pour l'établissement d'un
Decauville, entre la plage du lac et
celle du golfe de Goubbet-Kérab, les
frais de personnel et de main-d'œuvre,
qui seraient excessivement élevés (tous
les travailleurs devant être importés,
parce que les Bédouins Dankalis ne
travaillent pas) et l'entretien d'une
troupe armée pour protéger les travaux.

Pour en revenir à la question des
débouchés, il est à observer que l'importante saline de Cheikh Othman,
faite, près d'Aden, par une société
italienne, dans des conditions excep-
tionnellement avantageuses, ne paraît

pas encore avoir trouvé de débouché pour les montagnes de sel qu'elle a en stock.

Le Ministère de la Marine a accordé cette concession aux pétitionnaires, personnes trafiquant autrefois au Choa, à condition qu'elles se procurent l'acquiescement des chefs intéressés de la côte et de l'intérieur. Le Gouvernement s'est d'ailleurs réservé un droit par tonne, et a fixé une quotité pour l'exploitation libre par les indigènes. Les chefs intéressés sont : le sultan de Tadjourah, qui serait propriétaire héréditaire de quelques massifs de roches dans les environs du lac (il est très disposé à vendre ses droits); le chef de la tribu des Debné, qui occupe

notre route, du lac jusqu'à Hérer; le
sultan Loïta, lequel touche du Gouvernement français une paie men-
suelle de cent cinquante thalers pour
ennuyer le moins possible les voyageurs; le sultan Hanfaré de l'Aoussa,
qui peut trouver du sel ailleurs, mais
qui prétend avoir le droit partout
chez les Dankalis, et enfin Ménélik,
chez qui la tribu des Debné et d'autres
apportent annuellement quelques milliers de chameaux de ce sel, peut-être
moins d'un millier de tonnes. Ménélik a réclamé au Gouvernement quand
il a été averti des agissements de la
société et du don de la concession.
Mais la part réservée dans la concession suffit au trafic de la tribu des

Debné et aux besoins culinaires du Choa, le sel en grains ne passant pas comme monnaie en Abyssinie.

Notre route est dite route Gobât, du nom de sa quinzième station, où paissent ordinairement les troupeaux des Debné, nos alliés. Elle compte environ vingt-trois étapes, jusqu'à Hérer, par les paysages les plus affreux de ce côté de l'Afrique. Elle est fort dangereuse par le fait que les Debné, tribus d'ailleurs des plus misérables, qui font les transports, sont éternellement en guerre à droite avec les tribus Moudeïtos et Assa-Imara et à gauche avec les Issas Somali.

Au Hérer, pâturages à une altitude d'environ 800 mètres, à environ

soixante km. du pied du plateau des
Itous Gallas, les Dankalis et les Issas
paissent leurs troupeaux en état de
neutralité généralement.

De Hérer on parvient à l'Hawach
en huit ou neuf jours. Ménélik a
décidé d'établir un poste armé dans
les plaines du Hérer pour la protection
des caravanes ; ce poste se relierait avec
ceux des Abyssins dans les monts Itous.

L'agent du roi au Harrar, le Dedjaz-
matche Mékounène, a expédié du Harrar au Choa par la voie de Hérer les
trois millions de cartouches Remington
et autres munitions que les commis-
saires anglais avaient fait abandon-
ner au profit de l'Émir Abdullaï lors
de l'évacuation égyptienne.

Toute cette route a été relevée astronomiquement pour la première fois, par M. Jules Borelli, en mai 1886, et ce travail est relié géodésiquement par la topographie, en sens parallèle des monts Itous, qu'il a faite dans son récent voyage au Harrar.

En arrivant à l'Hawach, on est stupéfait en se remémorant les projets de canalisation de certains voyageurs. Le pauvre Soleillet avait une embarcation spéciale en construction à Nantes dans ce but! L'Hawach est une rigole tortueuse et obstruée à chaque pas par les arbres et les roches. Je l'ai passé en plusieurs points, à plusieurs centaines de km., et il est évident qu'il est impossible de le des-

cendre, même pendant les crues. D'ailleurs, il est partout bordé de forêts
et de déserts, éloigné des centres
commerciaux et ne s'embranchant
avec aucune route. Ménélik a fait
faire deux ponts sur l'Hawach, l'un
sur la route d'Antotto au Gouragné,
l'autre sur celle d'Ankober au Harrar
par les Itous. Ce sont de simples pas-
serelles en troncs d'arbres, destinées
au passage des troupes pendant les
pluies et les crues, et néanmoins ce
sont des travaux remarquables pour
le Choa.

Tous frais réglés, à l'arrivée au
Choa, le transport de mes marchandises, cent charges de chameau, se

trouvait me coûter huit mille thalers, soit quatre-vingts thalers par chameau, sur une longueur de cinq cents kilom. seulement. Cette proportion n'est égalée sur aucune des routes de caravanes africaines; cependant je marchais avec toute l'économie possible et une très longue expérience de ces contrées. Sous tous les rapports, cette route est désastreuse, et est heureusement remplacée par la route de Zeilah au Harrar et du Harrar au Choa par les Itous.

Ménélik se trouvait encore en campagne au Harrar quand je parvins à Farré, point d'arrivée et de départ des caravanes et limite de la race Dankalie. Bientôt arriva à Ankober la nouvelle de la victoire du roi et de

son entrée au Harrar et l'annonce
de son retour, lequel s'effectua en une
vingtaine de jours. Il entra à Antotto
précédé de musiciens sonnant à tue-
tête des trompettes égyptiennes trou-
vées au Harrar, et suivi de sa troupe
et de son butin, parmi lequel deux
canons Krupp transportés chacun par
vingt hommes.

Ménélik avait depuis longtemps
l'intention de s'emparer du Harrar,
où il croyait trouver un arsenal for-
midable, et en avait prévenu les agents
politiques français et anglais sur la
côte. Dans les dernières années, les
troupes Abyssines rançonnaient régu-
lièrement les Itous; elles finirent par
s'y établir. D'un autre côté, l'émir

Abdullaï, depuis le départ de Radouan-
Pacha avec les troupes égyptiennes,
s'organisait une petite armée et rêvait
de devenir le Mahdi des tribus musul-
manes du centre de Harrar. Il écrivit
à Ménélik, revendiquant la frontière
de l'Hawach et lui intimant l'ordre
de se convertir à l'Islam. Un poste
Abyssin s'étant avancé jusqu'à quelques jours du Harrar, l'émir envoya
pour le disperser quelques canons et
quelques Turcs restés à son service :
les Abyssins furent battus, mais Ménélik irrité se mit en marche lui-même,
d'Antotto, avec une trentaine de mille
de guerriers. La rencontre eut lieu
à Shalanko, à soixante km. ouest du
Harrar, là où Nadi Pacha avait, quatre

années auparavant, battu les tribus Gallas des Méta et des Oborra.

L'engagement dura à peine un quart d'heure, l'émir n'avait que quelques centaines de Remington, le reste de sa troupe combattant à l'arme blanche. Les trois mille guerriers furent sabrés et écrasés en un clin d'œil par ceux du roi du Choa. Environ deux cents Soudanais, Égyptiens et Turcs, restés auprès d'Abdullaï après l'évacuation égyptienne, périrent avec les guerriers Gallas et Somalis. Et c'est ce qui fit dire à leur retour aux soldats Choanais, qui n'avaient jamais tué de blancs, qu'ils rapportaient les testicules de tous les Français du Harrar !

L'émir put s'enfuir au Harrar, d'où

il partit la même nuit pour aller se
réfugier chez le chef de la tribu des
Guerrys, à l'est du Harrar, dans la
direction de Berbera. Ménélik entra
quelques jours ensuite au Harrar sans
résistance, et ayant consigné ses troupes
hors de la ville, aucun pillage n'eut
lieu. Le monarque se borna à frapper une imposition de soixante-quinze
mille thalers sur la ville et la contrée,
à confisquer, selon le droit de guerre
abyssin, les biens meubles et immeubles
des vaincus morts dans la bataille
et à aller emporter lui-même des maisons européennes et des autres tous
les objets qui lui plurent. Il se fit
remettre toutes les armes et munitions en dépôt dans la ville, ci-devant

propriété du gouvernement égyptien,
et s'en retourna pour le Choa, lais-
sant trois mille de ses fusiliers cam-
pés sur une hauteur voisine de la
ville et confiant l'administration de la
ville à l'oncle de l'émir Abdullaï, Ali-
Abou-Kéber que les Anglais avaient,
lors de l'évacuation, emmené prison-
nier à Aden, pour le lâcher ensuite,
et que son neveu tenait en esclavage dans sa maison.

Il advint, par la suite, que la ges-
tion d'Ali-Abou-Kéber ne fut pas du
goût de Mékounène, le général agent
de Ménélik, lequel descendit dans la
ville avec ses troupes, les logea dans
les maisons et les mosquées, emprisonna
Ali et l'expédia, enchaîné, à Ménélik.

Les Abyssins, entrés en ville, la réduisirent en un cloaque horrible, démolirent les habitations, ravagèrent les plantations, tyrannisèrent la population comme les nègres savent procéder entre eux, et Ménélik continuant à envoyer du Choa des troupes de renfort suivies de masses d'esclaves, le nombre des Abyssins actuellement au Harrar peut être de douze mille, dont quatre mille fusiliers armés de fusils de tous genres, du Remington au fusil à silex.

La rentrée des impôts de la contrée Galla environnante ne se fait plus que par razzias, où les villages sont incendiés, les bestiaux volés et la population emportée en esclavage.

Tandis que le gouvernement égyptien tirait sans efforts du Harrar quatre-vingt mille livres, la caisse abyssine est constamment vide. Les revenus des Gallas, de la douane, des postes, du marché, et les autres recettes, sont pillés par quiconque se met à les toucher. Les gens de la ville émigrent, les Gallas ne cultivent plus. Les Abyssins ont dévoré en quelques mois la provision de dourah laissée par les Égyptiens et qui pouvait suffire pour plusieurs années. La famine et la peste sont imminentes.

Le mouvement de ce marché, dont la position est très importante, comme débouché des Gallas le plus rapproché de la côte, est devenu nul. Les

Abyssins ont interdit le cours des anciennes piastres égyptiennes qui étaient restées dans le pays comme monnaie divisionnaire des thalaris Marie-Thérèse, au privilège exclusif d'une certaine monnaie de cuivre qui n'a aucune valeur. Toutefois, j'ai vu à Antotto quelques piastres d'argent que Ménélik a fait frapper à son effigie et qu'il se propose de mettre en circulation au Harrar, pour trancher la question des monnaies.

Ménélik aimerait à garder le Harrar en sa possession, mais il comprend qu'il est incapable d'administrer le pays, de façon à en tirer un revenu sérieux, et il sait que les Anglais ont vu d'un mauvais œil l'occupation abys-

sine. On dit en effet que le gouverneur d'Aden, qui a toujours travaillé
avec la plus grande activité au déve-
loppement de l'influence britannique
sur la côte Somalie, ferait tout son
possible pour décider son gouvernement à faire occuper le Harrar au
cas où les Abyssins l'évacueraient,
ce qui pourrait se produire par suite
d'une famine ou des complications
de la guerre du Tigré.

De leur côté, les Abyssins au Harrar
croient chaque matin voir apparaître
des troupes anglaises au détour des
montagnes. Mékounène a écrit aux
agents politiques anglais à Zeilah et
à Berbera de ne pas envoyer de leurs
soldats au Harrar; ces agents faisaient

escorter chaque caravane de quelques soldats indigènes.

Le gouvernement anglais, en retour, a frappé d'un droit de cinq pour cent l'importation des thalaris à Zeilah, Boulhar et Berbera. Cette mesure contribuera à faire disparaître le numéraire déjà très rare au Choa et au Harrar, et il est à douter qu'elle favorise l'importation des roupies, qui n'ont jamais pu s'introduire dans ces régions et que les Anglais ont aussi, on ne sait pourquoi, frappées d'un droit d'un pour cent à l'importation par cette côte.

Ménélik a été fort vexé de l'interdiction de l'importation des armes sur les côtes d'Obok et de Zeilah.

Comme Joannès rêvait d'avoir son
port de mer à Massaouah, Ménélik,
quoique relégué fort loin dans l'intérieur, se flatte de posséder prochaine-
ment une échelle sur le golfe d'Aden.
Il avait écrit au Sultan de Tadjourah,
malheureusement après l'avènement
du protectorat français, en lui pro-
posant de lui acheter son territoire.
A son entrée au Harrar, il s'est déclaré
souverain de toutes les tribus jusqu'à
la côte, et a donné commission à son
général, Mékounène, de ne pas man-
quer l'occasion de s'emparer de Zeilah;
seulement les Européens lui ayant
parlé d'artillerie et de navires de
guerre, ses vues sur Zeilah se sont
modifiées, et il a écrit dernièrement

au gouvernement français pour lui demander la cession d'Ambado.

On sait que la côte, du fond du golfe de Tadjourah jusqu'au delà de Berbera, a été partagée entre la France et l'Angleterre de la façon suivante : la France garde tout le littoral de Goubbet-Kérab à Djibouti, un cap à une douzaine de milles au nord-ouest de Zeilah, et une bande de territoire de je ne sais combien de km· de profondeur à l'intérieur, dont la limite, du côté du territoire anglais, est formée par une ligne tirée de Djibouti à Ensa, troisième station sur la route de Zeilah au Harrar. Nous avons donc un débouché sur la route du Harrar et de l'Abyssinie. L'Ambado, dont Ménélik ambitionne la possession, est une anse près de Djibouti, où le gouverneur d'Obok avait depuis longtemps fait planter une planche tricolore que l'agent anglais de Zeilah faisait obstinément déplanter, jusqu'à ce que les négociations fussent terminées. Ambado est sans eau, mais Djibouti a de bonnes sources et, des trois étapes rejoignant notre route à Ensa, deux ont de l'eau.

En somme, la formation des caravanes peut s'effectuer à Djibouti, dès qu'il y aura quelque établissement pourvu des marchandises indigènes et quelque troupe armée. L'endroit jusqu'à présent est complètement désert. Il va sans dire qu'il doit être laissé port franc si l'on veut faire concurrence à Zeilah.

Zeilah, Berbera et Bulhar restent aux Anglais ainsi que la baie de Samawanak, sur la côte Gadiboursi, entre Zeilah et Bulhar, point où le dernier agent consulaire français à Zeilah, M. Henry, avait fait planter le drapeau tricolore, la tribu Gadiboursi ayant elle-même demandé notre protection, dont elle jouit toujours. Toutes ces histoires d'annexions ou de protections avaient fort excité les esprits sur cette côte pendant ces deux dernières années.

Le successeur de l'agent français fut M. Labosse, consul de France à Suez, envoyé par intérim à Zeilah où

il apaisa tous les différends. On compte
à présent environ cinq mille Somalis
protégés français à Zeilah.

L'avantage de la route du Harrar
pour l'Abyssinie est très considérable.
Tandis qu'on n'arrive au Choa par
la route Dankalie qu'après un voyage
de cinquante à soixante jours par un
affreux désert, et au milieu de mille
dangers, le Harrar, contrefort très
avancé du massif éthiopien méridional, n'est séparé de la côte que par
une distance franchie aisément en une
quinzaine de jours par les caravanes.

La route est fort bonne, la tribu
Issa, habituée à faire les transports,
est fort conciliante, et on n'est pas
chez elle en danger des tribus voisines.

Du Harrar à Antotto, résidence actuelle de Ménélik, il y a une vingtaine de jours de marche sur le plateau des Itous Gallas, à une altitude moyenne de 2.500 mètres, vivres, moyens de transport et de sécurité assurés. Cela met en tout un mois entre notre côte et le centre du Choa, mais la distance au Harrar n'est que de douze jours et ce dernier point, en dépit des invasions, est certainement destiné à devenir le débouché commercial exclusif du Choa lui-même et de tous les Gallas. Ménélik lui-même fut tellement frappé de l'avantage de la situation du Harrar qu'à son retour, se remémorant les idées des chemins de fer que des Européens

6

ont souvent cherché à lui faire adop-
ter, il cherchait quelqu'un à qui donner la commission ou concession des
voies ferrées du Harrar à la mer; il se
ravisa ensuite, se rappelant la présence des Anglais à la Côte! Il va
sans dire que, dans le cas où cela se
ferait (et cela se fera d'ailleurs dans
un avenir plus ou moins rapproché),
le gouvernement du Choa ne contri-
buerait en rien aux frais d'exécution.

Ménélik manque complètement de
fonds, restant toujours dans la plus
complète ignorance (ou insouciance)
de l'exploitation des ressources des
régions qu'il a soumises et continue
à soumettre. Il ne songe qu'à ramasser
des fusils lui permettant d'envoyer

ses troupes réquisitionner les Gallas.
Les quelques négociants européens
montés au Choa ont apporté à Ménélik, en tout, dix mille fusils à cartouches et quinze mille fusils à capsules dans l'espace de cinq ou six
années. Cela a suffi aux Amhara pour
soumettre tous les Gallas environnants,
et le Dedjatch Mékounène, au Harrar,
se propose de descendre à la conquête
des Gallas jusqu'à leur limite sud,
vers la côte de Zanzibar. Il a pour
cela l'ordre de Ménélik même, à qui
on a fait croire qu'il pourrait s'ouvrir
une route dans cette direction pour
l'importation des armes. Et ils peuvent
au moins s'étendre très loin de ces côtés,
les tribus Gallas n'étant pas armées.

Ce qui pousse surtout Ménélik à une invasion vers le sud, c'est le voisinage gênant et la suzeraineté vexante de Joannès. Ménélik a déjà quitté Ankober pour Antotto. On dit qu'il veut descendre au Djimma-Abba-Djifar, le plus florissant des pays Gallas, pour y établir sa résidence, et il parlait aussi d'aller se fixer au Harrar. Ménélik rêve une extension continue de ses domaines au Sud, au delà de l'Hawach, et pense peut-être émigrer lui-même des pays Amhara au milieu des pays Gallas neufs, avec ses fusils, ses guerriers, ses richesses, pour établir loin de l'empereur un empire méridional comme l'ancien royaume d'Ali-Ababa.

On se demande quelle est et quelle
sera l'attitude de Ménélik pendant
la guerre italo-abyssine. Il est clair
que son attitude sera déterminée par
la volonté de Joannès, qui est son
voisin immédiat, et non par les menées
diplomatiques de gouvernements qui
sont à une distance de lui infranchis-
sable, menées qu'il ne comprend d'ailleurs pas et dont il se méfie toujours.
Ménélik est dans l'impossibilité de
désobéir à Joannès, et celui-ci, très
bien informé des intrigues diplomatiques où l'on mêle Ménélik, saura
bien s'en garer dans tous les cas. Il lui
a déjà ordonné de lui choisir ses
meilleurs soldats et Ménélik a dû les
envoyer au camp de l'empereur à

l'Asmara. Dans le cas même d'un désastre, ce serait sur Ménélik que Joannès opérerait sa retraite. Le Choa, le seul pays Amhara possédé par Ménélik, ne vaut pas la quinzième partie du Tigré. Ses autres domaines sont tous pays Gallas précairement soumis et il aurait grand'peine à éviter une rébellion générale dans le cas où il se compromettrait dans une direction ou dans une autre. Il ne faut pas oublier non plus que le sentiment patriotique existe au Choa et chez Ménélik, tout ambitieux qu'il soit, et il est impossible qu'il voie un honneur ni un avantage à écouter les conseils des étrangers.

Il se conduira donc de manière à

ne pas compromettre sa situation déjà
très embarrassée, et, comme chez ces
peuples on ne comprend et on n'ac-
cepte rien que ce qui est visible et
palpable, il n'agira personnellement
que comme le plus voisin le fera agir,
et personne n'est son voisin que
Joannès, qui saura lui éviter les ten-
tations. Cela ne veut pas dire qu'il
n'écoute avec complaisance les diplo-
mates; il empochera ce qu'il pourra
gagner d'eux, et, au moment donné,
Joannès, averti, partagera avec Ménélik. — Et, encore une fois, le sentiment patriotique général et l'opinion
du peuple de Ménélik sont bien pour
quelque chose dans la question. Or,
on ne veut pas des étrangers, ni de

leur ingérence, ni de leur influence,
ni de leur présence, sous aucun pré-
texte, pas plus au Choa qu'au Tigré,
ni chez les Gallas.

Ayant promptement réglé mes
comptes avec Ménélik, je lui demandai
un bon de paiement au Harrar, dési-
reux que j'étais de faire la route nouvelle ouverte par le roi à travers les
Itous, route jusqu'alors inexplorée, et
où j'avais vainement tenté de m'avan-
cer du temps de l'occupation égyptienne du Harrar. A cette occasion,
M. Jules Borelli demanda au roi la
permission de faire un voyage dans
cette direction, et j'eus ainsi l'honneur
de voyager en compagnie de notre
aimable et fin compatriote, de qui je

fis parvenir ensuite à Aden les travaux géodésiques, entièrement inédits, sur cette question.

Cette route compte sept étapes au
delà de l'Hawach et douze de l'Hawach au Harrar sur le plateau Itou,
région de magnifiques pâturages et
de splendides forêts à une altitude
moyenne de 2.500 mètres, jouissant
d'un climat délicieux. Les cultures y
sont peu étendues, la population y
étant assez claire, ou peut-être s'étant
écartée de la route par crainte des
déprédations des troupes du roi. Il y
a cependant des plantations de café;
les Itous fournissent la plus grande
partie des quelques milliers de tonnes
de café qui se vendent annuellement

7

au Harrar. Ces contrées, très salubres
et très fertiles, sont les seules de
l'Afrique orientale adaptées à la colo-
nisation européenne.

Quant aux affaires au Choa à présent, il n'y a rien à y importer, depuis
l'interdiction du commerce des armes
sur la côte. Mais qui monterait
avec une centaine de mille thalaris pourrait les employer dans
l'année en achats d'ivoire et autres
marchandises, les exportateurs ayant
manqué ces dernières années et le
numéraire devenant excessivement
rare. C'est une occasion. La nouvelle
route est excellente, et l'état politi-
que du Choa ne sera pas troublé
pendant la guerre, Ménélik tenant,

avant tout, à maintenir l'ordre en sa demeure.

Agréez, Monsieur, mes civilités empressées.

RIMBAUD.

APPENDICE

Nous donnons ci-après, selon le texte recueilli par Paterne Berrichon (février 1914), des extraits de la protestation adressée, le 15 avril 1886, par Arthur Rimbaud et Pierre Labatut au Ministre des Affaires étrangères de France, les autorités françaises d'Obock (1) leur ayant interdit de partir pour le Choa et ayant mis leurs marchandises sous séquestre.

Par le rappel de certains points de cette protestation nous pensons éclairer quelques passages du Voyage en Abyssinie et au Harrar, *la défense faite par le Gouverneur d'Obock concernant précisément l'organisation et l'acheminement de la caravane dont Arthur Rimbaud donne les détails de marche, l'année suivante, dans ses « Notes » au journal égyptien.*

(N. de l'Éd.)

(1) Nous avons respecté dans cette partie l'orthographe Obock.

... Nous sommes négociants français établis depuis une dizaine d'années au Choa, à la cour du roi Ménélik.

Au mois d'août 1885, le roi du Choa, le ras Govana et plusieurs de nos relations en Abyssinie nous firent une commande d'armes et de munitions, d'outils et de marchandises variées. Ils nous avancèrent certaines sommes, et, rassemblant en outre tous nos capitaux disponibles au Choa, nous descendîmes à la côte d'Obock.

Là, ayant demandé et obtenu de

8

M. le gouverneur d'Obock l'autorisation de débarquer à Tadjourah et
d'expédier en caravane la quantité
précise d'armes et de munitions que
nous désirions acheter, ayant aussi
obtenu du gouvernement d'Aden, par
l'entremise de M. le Consul de France,
l'autorisation de faire transiter les
dites armes à Aden pour Tadjourah,
nous fîmes faire nos achats en France
par nos correspondants, l'un de nous
[Labatut] restant à Aden pour le tran-
sit, l'autre [Rimbaud] à Tadjourah
pour la préparation de la caravane
sous la protection française.

Vers la fin de janvier 1886, nos
marchandises, ayant transité à Aden,
furent débarquées à Tadjourah, et

nous organisâmes notre caravane...

. . . .

Enfin, notre départ devait avoir lieu vers la fin de ce mois d'avril.

Le 12 avril, M. le gouverneur d'Obock venait nous annoncer qu'une dépêche du Gouvernement ordonnait sommairement d'arrêter toutes importations d'armes au Choa ! Ordre était donné au Sultan de Tadjourah d'arrêter la formation de notre caravane !

Ainsi, avec nos marchandises en séquestre, nos capitaux dispersés en frais de caravane... nous attendons à Tadjourah les motifs et les suites d'une mesure aussi arbitraire.

Cependant, nous sommes bien en règle avec tous les règlements...

. . . .

Nous pouvons prouver que nous
n'avons jamais vendu, donné ou même
confié une seule arme aux indigènes...

. . . .

Nos armes doivent être livrées à
Ménélik dans leur emballage au
départ de France, et il ne peut jamais
en être rien distrait, soit à la côte,
soit à l'intérieur.

Quelles que doivent être par la
suite les décisions du Ministère, nous
demandons à établir d'avance qu'il
nous serait tout à fait impossible de
liquider légalement ou normalement
notre affaire :

1° parce que ces armes et munitions
sont à ordre du gouvernement du Choa;

2° parce qu'il nous est impossible de rentrer dans les frais faits.

Nulle part, ces armes ne réaliseraient leur valeur *revient Tadjourah*. Les gens au courant de ces opérations savent qu'un capital triple de la valeur réelle des armes est immédiatement consommé à la côte par le débarquement, les vivres et salaires de toute une population de servants abyssins et de chameliers assemblés pour la caravane, les bakshich considérables en argent et cadeaux aux notables, les extorsions des Bédouins du voisinage, les avances perdues, le paiement du loyer des chameaux, les droits de racolage et les taxes de passage, les frais d'habitation et de nourriture

des Européens, l'achat et l'entretien
d'une masse de matériel, de vivres,
d'animaux de transport par une route
de cinquante jours dans le plus aride
des déserts !

. . . .

Il se comprend que l'on n'entre-
prend des affaires aussi lentes, dan-
gereuses et fastidieuses, que dans la
perspective assurée de gros bénéfices..·

. . . .

C'est donc leur valeur définitive au
Choa que nous devons logiquement
donner dès à présent aux armes de
notre caravane organisée à Tadjourah, puisque, les frais faits et
les fatigues subies, il ne nous reste
plus qu'à franchir la route pour

faire la livraison et toucher le paiement.

Voici en détail la valeur de l'opération que l'autorité française nous a
permis de former, puis défendu d'exé-
cuter :

2.040 fusils à capsule, tarifés au
Choa quinze dollars Marie-Thérèse
l'un, total........... 30.600 dollars

Soixante mille car-
touches Remington à
60 dollars le mille...   3.600 dollars

— Aux armes et
munitions est annexée
une commande d'ou-
tils pour le Roi qu'il

A reporter...   34.200 dollars

Report	34.200 dollars
est impossible d'expé-	
dier isolément. Valeur.	5.800 dollars

La valeur totale de la caravane est donc de .... 40.000 dollars

Ajoutant 50 % au retour, c'est-à-dire le bénéfice de la vente à Aden des marchandises (ivoire, musc, or) données en paiement au Choa par le Roi, nous établissons que cette opération doit nous produire une somme nette de soixante mille dollars dans un délai de un an à dix-huit mois. (Soixante mille dollars au change moyen d'Aden, francs 4.30, égalent deux cent cinquante-huit mille francs.)

Nous considérerons le Gouvernement comme notre débiteur de cette somme tant que durera l'interdiction présente, et, si elle est maintenue, tel sera le chiffre de l'indemnité que nous réclamerons du Gouvernement.

Nous ne pouvons nous empêcher de faire les réflexions suivantes sur quelques raisons politiques qui pourraient avoir motivé la mesure qui nous frappe :

1º Il serait absurde de supposer que les Dankalis puissent s'armer par l'occasion de ce trafic. Le fait extraordinaire, et qui ne se reproduirait plus, de quelques centaines d'armes pillées au loin lors de l'attaque de la caravane Barral, réparties entre un

million de Bédouins, ne constitue
aucun danger.

. . . .

2° On ne peut dire qu'il y ait cor-
rélation entre l'importation des armes
et l'exportation des esclaves. Ce dernier trafic existe entre l'Abyssinie et
la côte depuis la plus haute antiquité,
dans des proportions invariables. Mais
nos affaires sont tout à fait indé-
pendantes des trafics obscurs des
Bédouins.

. . . .

D'ailleurs, le fait de l'interdiction de l'importation des armes à
destination du Choa aura pour ré-
sultat unique, certain et immédiat
de supprimer radicalement les rap-

ports commerciaux de la Colonie d'Obock et de l'Abyssinie.

Pendant que la route d'Assab restera spécialement ouverte à l'importation des armes sous protection italienne, que l'excellente route de Zeilah accaparera l'importation des étoffes et marchandises indigènes sous protection anglaise, aucun Français n'osera plus s'aventurer dans le traquenard Obock-Tadjourah, et il n'y aura plus aucune raison pour stipendier les chefs de Tadjourah et de la sinistre route qui le relie au Choa.

Espérant mieux du gouvernement de la nation française que nous avons honorablement et courageusement représentée dans ces contrées,

Nous vous prions d'accepter, monsieur le Ministre, l'hommage de nos
respects très dévoués.

LABATUT ET RIMBAUD.

Tadjourah, le 15 avril 1886.

ACHEVÉ D'IMPRIMER

LE TRENTE JANVIER MIL NEUF CENT VINGT-HUIT

PAR LES IMPRIMERIES LAINÉ ET TANTET

POUR LES ÉDITIONS DE

LA CENTAINE

A PARIS

www.ingramcontent.com/pod-product-compliance
Lightning Source LLC
Chambersburg PA
CBHW070824260626
47161CB00006B/2405